AF437530

YO DIGO SI
YO DIGO NO

YO DIGO SI AL
AMOR DE MAMA

YO DIGO NO A MARIA
QUE ME TIRA DEL
CABELLO

YO DIGO SI A JUGAR CON MIS AMIGOS

YO DIGO NO A PEGAR A MIS AMIGOS

YO DIGO SI A COMER UN HELADO CON MI AMIGO

YO DIGO NO A ESTAR SOLA

YO DIGO SI AL ABRAZO DE PAPA

YO DIGO NO A QUIEN ME TOQUE
MIS PARTES PRIVADAS
Labios
Pecho
Partes Intimas

SOY FELIZ
COMO SOY

YO DIGO NO, NO QUIERO ABRAZAR A PERSONAS QUE NO CONOZCO O NO ME GUSTA

YO DIGO SI MI CUERPO ES
MARAVILLOSO

YO DIGO NO CUANDO ALGUIEN QUIERE TOCAR MIS PARTES PRIVADAS O MUESTRA SUS PARTES PRIVADAS, YO DIGO FUERTE NO ME VOY CORRIENDO Y LE DIGO A MIS PAPAS.

YO DIGO SI SOLO MAMA PUEDE TOCAR Y VER MIS PARTES PRIVADAS

YO DIGO **NO** CUANDO ALGUIEN ME AMENAZA E INTENTA TOCARME O HACERME DAÑO, ME VOY CORRIENDO Y LE DIGO A MI MAMA.

YO DIGO SI A SECRETOS AGRADABLES COMO UNA SORPRESA REGALO POR EL CUMPLEAÑOS DE MAMA

YO DIGO **NO A SECRETOS DESAGRADABLES** COMO ALGO QUE ME DICE O HACE ALGUIEN Y NO ME GUSTA. YO LE CUENTO A MI MAMA, PAPA, PROFESORA.

YO DIGO SI A LAS PERSONAS QUE DEBEN CUIDARME Y PROTEGERME MI PAPA MI MAMA, ABUELOS TIOS PROFESORA, TUTORA, MEDICO, POLICIA

YO DIGO SI A CONOCER MIS EMOCIONES. TODOS TENEMOS EMOCIONES BUENAS Y MALAS

YO DIGO SI A LA ALEGRIA. MAMA DICE CUENTAME PORQUE ESTAS ALEGRE? ¨SAQUE BUENA NOTA EN MATEMATICAS. TODOS ME FELICITARON!¨
TU CUANDO SIENTES ALEGRIA?

MAMA DICE TE VEO ASUSTADA
CUENTAME PORQUE SIENTES MIEDO.
YO LE DIGO SI SIENTO MIEDO PORQUE
TUVE UN SUEÑO HORRIBLE
TU CUANDO SIENTES MIEDO?

HOY SIENTO IRA MAMA DICE CUENTAME PORQUE ESTAS MOLESTA? YO LE DIGO: SI SIENTO RABIA PORQUE MARIA NO QUISO JUGAR CONMIGO TU CUANDO SIENTES RABIA?

HOY SIENTO TRISTEZA MAMA DICE
CUENTAME PORQUE ESTAS TRISTE?
YO DIGO SI ESTOY TRISTE PORQUE NO
ENCUENTRO A MI PERRITO.
TU CUANDO SIENTES TRISTEZA?

AGRADECER

YO DIGO SI GRACIAS MAMA LA COMIDA ESTA RICA.

YO DIGO SI A DECIR POR FAVOR ME PUEDES AYUDAR A ENCONTRAR MI PERRITO

YO DIGO NO A LA MENTIRA SI A LA VERDAD ¨LO SIENTO MAMA ROMPI EL PLATO JUGANDO¨ ELLA DICE ¨SE QUE LO HICISTE SIN QUERER¨ TODOS QUEDAMOS FELICES

YO DIGO **SI A LA OBEDIENCIA Y RESPETO** MIS PAPAS TAMBIEN ME RESPETAN. DEBO HACER PRIMERO MIS TAREAS
Y DESPUES JUGAR

SOY FELIZ MAMA /PAPA ME DICEN:
TE QUIERO MI NIÑO/NIÑA
ME SIENTO ORGULLOSO DE TI
YO SE QUE TU PUEDES HACERLO
SABES QUE TE QUIERO MUCHO
SE QUE LO HAS HECHO SIN QUERER
YO CREO EN TI. SE QUE DICES LA VERDAD
TE FELICITO POR TU ESFUERZO
GRACIAS POR AYUDARME HICISTE UN BUEN TRABAJO.
SI NECESITAS ALGO PIDEMELO